KB253794

문득 쉼표를 찍고 싶을 때

명인숙 시집

상상인 시인선 071

계절이 통째로 흔들리거나 빈 가지로 남을 때
속울음 삼키더라도
성긴 나뭇잎 사이로 가을 꿈을 집어넣어
떨어지지 않는
사이였으면 좋겠어

*본문 페이지에서 한 연이 첫 번째 행에서 시작될 때에는 〈표기를 합니다.
*저자의 의도에 따라 작품의 보조 동사와 합성 명사는 띄어쓰기가 달라질 수
있습니다.

시인의 말

벌어진 틈 사이에서 사람과 사람의 안녕이 온다는 걸 알았다
틈은 우리의 서막

만져 보고 안아 보고 느껴 보고 마주 보며

당신이 머물다 간 자리
오롯한 쉼의 행간이기를!

2025년 6월
명인숙

**1부
달빛이 더 오래 비치는 곳에서 품는 바다**

2부
꿈꾸던 풍경에 들었다 나온 오후

3부

어디쯤에서 파도가 불어올까요

4부
오래도록 지워지지 않는 물밑의 말

1부

달빛이 더 오래 비치는 곳에서 품는 바다

명주달팽이

적당히 가지기로 해요

치명적인 건 싫어요

당신의 밤이 나의 낮이니

그래도 우리 정상이지 않나요

느려서 손길이 필요하지만

관상용이 아닌

나는 명주로 삽니다

마지막의 시작

흐르다 보면 당신의 끝자리
진짜 얼굴을 감춘 시간

이별 앞에 나를 세운 줄도 모르고
오늘 당신 앞에 서 있습니다

늘 똑같은 모습으로 온다고 생각했지만
늘 다른 모습으로 와 나를 깨웁니다

한 번도 온전히 가져본 적 없는 시간이
되돌아와 흐릅니다

우리는
한 방울의 눈물

삼백육십오일 개미 쳇바퀴 돌듯
소란스러운 언어 잠재우고

12월로
우리를 다시 피우겠습니다

한 사람만을 위한 나침반

아무리 흔들려도 방향을 잡고
딱,
멈춘 한 곳

너의 방향도 그렇게 흔들리다
나를 향해
딱,
멈췄으면 좋겠다

결혼 에필로그

너무 사랑하는 사람과는
결혼하는 게 아니야

같은 주소에 이름을 올리고
핸드폰의 패턴을 똑같이 설정하고
현관의 비밀번호를 공유하면
우린 천생연분인 줄 알았다

좋아하는 야구 경기 중계를 할 때면
내 말은 방백으로 들리지 않고
따뜻하게 차려 놓은 저녁 밥상 앞에서 기다리다
차가운 마음처럼 식어가는 국을 먹을 때면
당신과 나의 배경에는 후일담이 있을 것이다

한 나무에 앉아 있어도 다른 가지에 앉아 있는 새처럼
가끔은 자기만의 방을 만들고 싶을 때 있었다

전쟁을 치르고야
벌어진 틈 사이에서 사람과 사람의 안녕이 온다는 걸
알았다

〈

틈은 우리의 서막
결혼은
너무 사랑하는 사람과 하는 거야

징하게 끝나지 않는 노래

오메 징한 거
오메 징한 거

고금도 가교리 어머니들의 노랫소리
추운 겨울 바다를 향해 달린다

한 줌, 한 줌
반짝하고 나타났다 사라지는 감태 이미지
물속에서 사라진다
굽혔다 폈다 굽혔다 폈다
언 손에 감기는 고단한 하루
손가락 사이로 엉켜 올라온다

뻘과 쩍을 걸러내야 완성되는 해루질
한겨울 수없이 불러야 끝나는 감태 매기가
도돌이표로 감긴다

오메 징한 거
오메 징한 거
〈

살을 에는 추위
눈물 젖은 어머니들 노랫소리
귓속에 정박하면
잘 익은 감태의 진한 향
살고 살아지고 사라지는 그녀가 곰삭는다

바다의 시간과 갯벌의 시간은
징하게 끝나지 않는 노래
성실하면 먹고 살 수 있다는 말씀의 겨울
감태 앞에서 가오리는 산전수전 넘는다

사월 아포리즘

벚꽃 가지
밀봉된 기억을 꺼낸다
햇살의 오랜 기다림 끝

결심인 듯

움직이지 마라
제 자리에서 기다려라
피우지 못한 열일곱 살이 오답처럼 서 있다

노랑나비 흩어져도
그림자는 남았을까
침묵과 집중으로 사월을 피워낸다

불러도 없는 이름 앞에서
심해에서 건져낸 이별 앞에서
우르르 흩어지는 사월

우리,
벚꽃처럼

하늘에서 땅에서 간결하게 재잘대며

마구 흩날리는
분홍이었으면 좋겠다

여름의 문장 열음

여름이 시그널을 보냈지만
새는 부리를 열지 못했고
귀뚜라미는 울음소리를 밀봉하여
가을의 문체를 읽으려 준비 중인데

하루에도 몇 번씩 텅 빈 생각 붙들어
낱말 몇 개를 모스부호처럼 새겨놓고
안착하지 못한 말들을 뭉개고 있다

쌓아 놓기만 한 시집들 사이로
써야 할 한 줄의 시는 미라처럼 말라가고
울음을 그치지 않는 바람이
가을에는 완성하라고 보낸 경보음
목덜미 근처에서 울린다

넌, 은유와 직유를 배워 시를 쓰지만
난 차마 뱉지 못한 말을 담아 너를 열려고 해

그 여름 숲 도라지꽃

맑은 바람 부는 산길에서 말했지

나무와 별을 키우는 일은
수없이 스쳤던 굽은 길 위에
그늘의 눈물을 다독이는 일이라고

남보랏빛 음절을
초록 속에 오롯이 남겨두는 일이라고

너의 세계로 들어가는
비밀 바코드를 찍는 것처럼

초록에 귀가 젖어
혼자 말하는 법을 잊어버리고

손끝에서 사라진 너를 위한 박수가
보랏빛 끝에 달려 있었지

숲을 채운 수백 장의 연서들

부연 설명이 있는 슬픔만 이해되는 어느 여름날

기억 끌어안기

이 지구별 어디
상처 아닌 풍경이 있을까

기억도 나지 않는 어린 시절
이승과 저승을 오가며
고열과 싸우다 승리해 받은 훈장
기울어진 자태 금세 알아챌까 봐
움직이지 못하고
관심 어린 시선과 애처로움에
구겨진 상처들로 자신의 아픔에 울다
부모님의 소망 담아서 지어주신 이름
어질고 밝고 맑게 살라는

이름의 약속 지켜보려
수없이 가슴을 여며보지만
슬픔이 부서진 자리마다 격자 문양처럼
얽히고설켜 옹이로 박힌다

영혼 품은 이름들 가만히 들여다보면

그 풍경
상처 아닌 것이 있을까

zgm, 우리는

새벽은 져도
우리가 뜨겁게 피워내던 꽃송이
꺼지지 않는다

살갗을 베어내는 겨울바람 사이로
모여든 꽃잎 꽃잎들
지상의 기도들이 은하수로 흐른다

일, 이, 삼, 일, 이, 삼
약속이나 한 듯 일제히
응원봉 외침을 피웠다

어디로 향할지 모르는
소망과 절망을 가를 한 장 종이의 무게
숨소리조차 버거운 경계
응시하는 두 눈으로 숨을 삼킨다
떨리는 두 손은 봉오리가 된다

역사를 꽃피우는 일
어떤 것이 정답인지
지금은 어떤 날보다 명징할 때

곶감 단상

맨정신과 나체 사이
주인공이 아닌 배경으로
파과의 상처들이 모인 교집합
공간을 부검하여 단단한 젊은 날을 호출한다

처마 끝에 매달려 한 번은 흔들렸을 생의 한편을
묵묵히 지켜주던 날
한 올 실오라기도 걸치지 않은 채
삼키지 못한 뭉개진 말들

가을 햇살과 바람 앞에 살과 뼈를 내어주며
잊고 싶은 지난날 더듬다 몸을 뒤틀어
부풀려 감추려 했던 몸을 매달아
나를 압축한다

달의 신앙

달은 두 손을 버리고 왔다
언제부턴가 나를 증명하듯
어머니의 어머니가 그러했듯
봉인된 기도문

달빛이 더 오래 비치는 곳에서 품는 바다
방황하던 기도가
물결 위를 걷는다

달도 차면 기운다고 했는데
돌고 돌아
눈물꽃 피면
비로소 아름다운 신앙이 되겠지

둥글둥글 소원 빌면
젖은 자리마다 달이 들어
아침이 올 것이고
멀어진 그녀들의
비손이 피어난다

꽃밥

밤새 벚나무가 쌀을 씻었다
바람은 하얗게 마음을 앉혀
떨어진 자리마다 고봉밥을 차려 놓았다

버려도 좋을 목차를 지우고
신선하고 맑은 음을 주워도
벚나무는 결코 봄을 잡지 않았다

떨어지는 것은
허공에다 주름을 새기는 일
그러나
봄과 벚나무 사이에는 아무것도 없다

뒤적뒤적 봄을 만져본다
홀연 꽃밥 한 숟갈 입에 올리면
봄의 말씀 들릴까
(사는 게 밥심이라는 엄마 목소리)

2부

꿈꾸던 풍경에 들었다 나온 오후

씨방의 고백

바람이 부네요

가슴 깊이 숨겨 둔

작은 점 하나

꽃으로 피어나네요

나도 모르게

사랑한다고 말해버렸어요

시인의 식탁

일상이 숨 쉬는 식탁에 마주 앉아
정치 이야기 사회 이야기로
남편은 노트북 속 세상을 풀어준다

밤새워도 쓰지 못한
여백의 시다

먼지 뿌연 시집 위에 밀랍 인형처럼 누워 있는 시인들
연필만 깎는 아내

남편과 아내가 만드는
작은 공화국 풍경이다

난 사람 냄새 나는 시가 좋아
아직도 사랑시 타령하는
머리 희끗한 아내에게 던지는
남편의 한마디 시가 된다

영감을 찾아 헤매던 오랜 시간

이도 저도 정답이 아니라고
공화국 유리창에 비친 아내가 웃고 있다

꽃샘

햇빛이 골고루 내려
꽃의 이마에 앉았다
망울진 목련 가지 입술에 닿자
꽃이 피었다

허공에는 각자의 주소를 찾아 집을 짓는 새들
지워진 북쪽 주소지에도 곧잘 집을 짓는다

꽃샘바람 매섭게 부는 날
몸을 웅크리고 귀가를 서두르는데
새들은 집을 완성하기에 바쁘다

세찬 바람 부는 날에도 집을 짓는 새들
꽃샘바람에 잔잔하게 나뭇가지가 부러지지 않았다면
그 연약한 부리로 어떻게 나뭇가지를 옮길 수 있었을까

올봄엔
누군가를 위해
나뭇가지 잔잔히 많이 부러질 일이다

거짓말끼리 추는 춤

립스틱 대신 거짓말을 발라요
촉촉하게 젖은 입술로 하는 말에는
단내 나는 달콤함이 묻어 있어요

넌 뭐든지 할 수 있고
세상 그 누구보다도 예쁘고
항상 최고라는 그 말
마음 안에 긍정의 뿌리가 되고
칭찬은 할퀴어진 상처마저도 용기가 돼요

가면을 쓴 말들이 폭우가 되어
맞추고 눈치 보고 억누르고 감추고
차츰 웃음을 잃어가는 표정이 슬퍼요

세상의 말들이 고의가 아니었으면
세상의 말들이 울지 않았으면

거짓말은 고래가 춤을 추지 않아요

딸에게

두 손은
너를 향해 모아져 있다

네가 아주 작고 보잘것없는
까만 씨앗이었을 때
아무도 널 봐주지 않았을 때도

햇살이 더 오래 비치고
바람이 더 상큼한 곳에
너의 이름 올려두고
나보다도 널 더 사랑한다는
수천만 번의 고백과
변하지 않을 사랑의 약속으로
너를 향한 기도문을 외웠다

침침한 흙에 발자국 꾹꾹 새기면서
너는 더 단단해지고
강한 바람과 태풍을 말없이 견디더니
기다림의 환한 등불 켜고
뿌리의 혈맥으로 너를 넓혀 안과 밖을 품었지

〈
가끔은 눈물꽃 한 무더기 피어도
그늘의 아픔을 닦아주며 살아가렴

그녀가 피었다

툭,
마른나무에서
은행잎 하나 떨어지다
잠시 허공에 멈췄다

가을 햇살이
정지된 이름을 쓰다듬으면
꿈꾸었던 것들이
어제와 오늘 사이에 스며든다

어른으로 살아오는 동안
이름도 꿈도 다 잊고
좋아하는 것들을 하나씩 잊고 살았다

해야 할 일이 아닌
좋아하는 일을 해보는 시간
잠시 꿈꾸던 풍경에 들었다 나온 오후

각시취가 되었다가
투구꽃이 되었다가
그녀로 피었다

로또의 에피소드

당신을 처음 만났을 때
얼마나 설레고 기대했는지
일주일 한 달 평생을 사면서
어쩌다 한 자리 맞으면 본전치기
운 좋으면 두 자리
더 운 좋을 땐 보너스 번호도

한 번도
여섯 자리 맞은 적은 없었다

인생의 한 수가
인생의 원수가 된 우리의 에피소드

어머니의 방

하얀 노모의 방에는
지금도 스탠드꽃이 피어 있습니다

여자로 태어나
글공부보다 일만 했던 어머니는
이름 석 자 읽을 줄도 쓸 줄도 몰랐습니다

배고픈 어린 시절 진달래 꽃잎으로 허기 채우고
고단했던 시집살이 그 많은 식구 건사하고
혼자 아궁이에서 밥알 몇 알 누룽지 먹으면서
가난과 함께 꿈도 졌습니다

오직 자식 사랑만으로 평생 살아오시다
뒤늦게 가나다 깨우치고
한 자 한 자 읽고 쓰는 어머니

책 읽는 재미 제일이라며
혼자 계시는 넓은 방 안
귀퉁이 나간 밥상 위에
해묵은 스탠드 밝혀

한평생 삶을 읽어 내려가십니다

뒤늦게 시감을 찾던 나도
데칼코마니 되어
오래 환하고 따뜻한 방에서
어머니를 받아 적습니다

시앓이

주워볼까
담아볼까
마주 앉아볼까

바람 소리마저 숨죽이는 교감의 시간
너를 가슴에 품은 후
너는 내게로 와서
만져 보고 안아 보고 느껴 보고 마주 보며
온종일 떠나지 않고 생각나게 하는가

화요일 밤마다 만나자는 약속 하나로
밑자리 했던 첫사랑도 투명하게 걸러내고
깔깔거리는 바람의 웃음소리도 만져보았다

밤마다 너를 품은 채 잠이 들면
꿈속에선 넌 내게 와락 안겨
언어로 건널 수 있는 문장 하나 주지만
눈을 뜨면 일상의 중력에서 벗어난다

자음과 모음이 뒤엉켜 마모된 언어들

어느 세상의 간증일까
시가 뭔지도 모른 채
투신해 보지만
끝내 발아하지 못하는 한 마디

시

봄을 빌리다

하늘의 틈 사이로 비가 내리더니
간밤에 여린 꽃대 쭉 밀어 올리고
연노란 꽃잎 활짝 피웠다

어둡고 습한 화분 속 작은 뿌리
겨우내 시린 찬바람이 부딪쳐도
견딜 수 있을 만큼의 고통으로 받아
햇살 한 줌 바람 한 뼘 달빛 한 움큼 먹고
흐트러지지 않는 자세로 피어났다

어떻게 피워야 할지 방황하지 않고
예쁘게 피우려 애쓰지도 않고 한세상 담아
하늘 향해 피어났다

다소곳한 수선화 한 송이 빌린 봄
오래 박혀 있던 몸

쭉 밀어내보는 아침
알맞게 익은 토스트가 맛을 내민다

흰 벽을 깁는 여자

거침없이 달려와
하루의 상처를 박음질하는 여자가 있다

사각사각 드르륵
온종일 자르고 깁고 박음질하는 소리가 머무는 곳
흔들리는 욕심을 자르고 해진 마짓단을 지르고
뜯어낸 실밥이 너덜너덜 가슴팍에서 후회로 흔들리는
여자
어떻게 살아야 할지 잠시 멈춘 생각 하나 주워
한 땀 한 땀 천의무봉에 감침질로 다시 짓는다

하루를 더듬는 손끝과 발끝으로 솔기 터진 시간을 다
시 꿰매어
오늘을 짓는 목록에
버려진 자투리 해와 달의 그늘을 박음질하여
날마다 새로운 표정을 깁는다

골목 끝 수선집
흰 벽을 깁는 여자

다시, 봄을 닦는 중입니다

미세먼지 가득한 유리창을 닦는다 석유 냄새 밴 신문
지를 꺼내 분무기로 촉촉이 적셔

열고 닫았던 계절, 봄의 얼굴을 닦는다 뿌옇던 습기를
모두 삼켜버린 순백의 침묵이 꼭 너를 닮아 맑고 투명하
다

너를 품었던 마음 햇살에 부딪혀 사방으로 번지고 보
일 듯 말 듯 가려졌던 시야 사이로 너의 노랑이 피어오
른다 아지랑이에 자꾸만 흔들려도 모든 것이 너였다고
난 다시 봄을 닦는다

여백을 읽어주는 숲

행과 행의 여백 사이 시 읽어주는 여자

구부러진 음절 따라 흐르면
그녀의 입에선 푸른 단어가
바다로 가거나 숲으로 가지

한 음절 음절로 풀리는 통점들
잘 견뎠노라고 가만히 만져 보면

풀 냄새 새소리 돌의 온도 바람의 안과 밖
모두 연결되어 하나의 세계가 된다
언어는 슬픔의 수맥을 따라
하루라는 심줄로 감긴 목소리가 된다

괜찮아
괜찮아
그녀의 소리는 나를 키우는 숲이다

3부

어디쯤에서 파도가 불어올까요

소원을 돌고 돌아

누군가의 수많은 간절함이
이토록 작은 돌탑이 되었나

돌 틈 사이사이
심술궂은 바람 흔들며 지나가지만

소원들은 위태하게 쌓여
서로를 붙들고 있다

기도들이 아슬하다

시나브로 어디선가

뚜...
벅...
뚜...
벅...
시나브로
시나브로

매일 아침
한 길을 쉼 없이 걸어가는 일은 위대한 일이다
무거웠던 가장의 땀에 젖은 안전화
느린 발소리 울린다

36년 바쁘고 고단하게 살았던 발자국
이제는 삶의 고리 풀고 잠시 안식년 가지라 하는데
온전히 멈추지 못하고 습관처럼 밤을 샌다
아직도 발이 기억하는 일

젊은 날의 꿈은 정지되어 삐걱거리고
여유로운 시간은 실타래처럼 엉켜 있는데
주름 잡힌 신발 위에서 저 혼자 방황하는 새벽

가장 단순한 삶의 풍경은
그대가 오래 뜸 들인 생각

혼자 깨어 정년퇴직이란 첫 문장을 받아 적는다

꽃보기로 보는 세상

언제부터 꽃 보는 법이 달라졌을까요
세상의 꽃은
빨강이거나 노랑이거나 보라거나
이쁜 줄만 알았습니다
햇빛이 비치고 있음을 알았지만
꽃그늘 자리를 살피지 못했습니다

언제부터 꽃향 맡는 법이 달라졌을까요
꽃은 그냥 피는 것인 줄 알았습니다
반쯤 벙글고 있는지
고개를 숙이고 있는지
꽃잎 하나 떨어진 자리에
눈물도 함께 떨어진 줄 몰랐습니다

나이가 들면 그냥 세상의 모든 이치가
내 눈 안에 있을 줄 알았습니다

꽃 진 자리에 고립이 있고
꽃그늘에 안부를 묻고

꽃들의 낯빛을 살피는 일이
세상 보는 법인 줄 이제 알았습니다

결혼하지 않은 여자

얼마 만인가, 캐리어를 꾸려
엄마라는 이름도 아내라는 이름도
아침 설거지통에 흘려버리자
그래, 난 결혼하지 않은 여자였지
눈으로 끌어안고 마음으로 보는 봄
한바탕 웃음에 발밑에서 잔물결 일으키며
무수히 날리는 초록
광안리 횟집에 오른 싱싱한 회 한 점
동주의 하늘과 바람과 별과 시가 함께 씹히고
불어오는 봄바람에 날리는 시폰 원피스
굳이 꼬리를 흔들지 않아도 된다
언어를 버리고 그저 바라봄으로 물드는 저녁
결혼하지 않는 여자의 시는
오늘의 일탈을 기억하며 회상하겠지
밤마다 푸른 바다에서 홀로를 건져 올리겠지

어디쯤에서 파도가 불어올까요

장도로 오세요
장도에 기대어 울음을 퍼 담으면
발밑에서 숨 쉬는 파도의 뼈가 휘청거려요

반쯤 부러진 시간을 이어 붙이려 귀를 낮춘 어디쯤
햇빛 한 줌 받은 바다는
제 몸에 꽃을 피우고
섬 가운데 피어 있는 꽃들은
물의 꿈 품으러 바다로 뛰어들어요

바다의 시간에 당신의 시간을 맞추면
부서진 호흡으로 더듬거리다 망설여요
제 그림자를 껴안은 미련이 각자의 섬이 되네요

상처 틈으로 돋아나는 당신 얼굴이
장도처럼 깊어지면
당신을 위해 기도하는 바다가 있습니다

공자를 만난 아침

귀가 순해지는 아침이라 귀띔하며
나를 깨웠다
좀 더 순해져야 한다는 건
오늘 아침 공자를 만날 때였다

소문만 무성했던 젊은 날의 책장을 덮고
홀연히 떠나버린 공자를 다시 불러본다

뜻을 세우지 못하고
다스리지 못한 내면의 소란과
흔들리지 말자는 문장 속에서
공자의 마음을 읽어 본다

사람다움이란 무엇일까
仁을 거울 앞에 세우고
오늘의 신문 뭉치로 나를 빡빡 지워야겠다

그림자의 집
- 이효석 문학관 앞에서

두 개의 길이 있습니다
나는 문장을 열어 그대를 만나러
오른쪽 길로 갑니다

책상 서재 피아노 크리스마스트리 축음기 산길 달빛
메밀꽃 만남 헤어심

오로지 그대가 지나온 발자국 따라
혼자라는 빈칸을 채웁니다

배경음악처럼 들리는 펜 소리
원고지에 걸린 은유

글이 꽃으로 피어나 사라진 거울 뒷면에서 한참 앉았
다가 나옵니다

나는 다시 누군가를 찾아 빈집으로 들어갑니다

인형 손

감추고 싶은 것들이 있을 때마다 인형 손을 달았다

손은 흔들림이 없다
곧은길처럼 구부러짐도 없다
오늘도 처음 본 이들의 시선이
호기심 속을 들추다 그녀의 손 위에서 멈춘다

숨죽인 작은 소리들은 그녀의 심장을 긁어
손톱 옆 거스러미처럼 스칠 때마다 아리고
산 하나가 무너지는 듯한 가슴의 짓누름도 있지만

어느 날,
천사처럼 작은 아이 그녀의 손을 어루만지며
인형 손이다
아이의 따뜻한 손은 그녀의 슬픔을 기쁨으로 바꿔주
었다

완전체로 만들어 줄 멋진 손인 줄 알았지만
결국엔 벗어나야 할 시간인 걸 알았다
〈

늦은 저녁,
창가에 비친 젊은 날의 그녀가 돌아와
미동도 없던 인형 손대신 펄럭이는 여백의 오른손이
그녀를 토닥거리고 있다

내 구월의 남자

나에게로
너였으면 좋겠어

숲속 공기로
혼탁함에 물들지 않고
만나는 사람마다 해피바이러스
그런 눈빛이었으면 좋겠어

계절이 통째로 흔들리거나 빈 가지로 남을 때
속울음 삼키더라도
성긴 나뭇잎 사이로 가을 꿈을 집어넣어
떨어지지 않는
사이였으면 좋겠어

가만히 들여다보면 우리의 초록 엽서도 보이고
잎맥 따라 흐르는 결혼기념일이 있고
그대로 그런 사람이었으면 좋겠어

바람의 길을 만든 돌담처럼
무너지지 않고 단단해졌으면 좋겠어

〈
사는 것이 그렇지

달라서 같은,
같아서 다른 사람이었으면 좋겠어

주문이 완료됐습니다

새 옷이 택배로 오는 오후
니트 블라우스 카디건 바지
더 이상 들어갈 수 없는 옷장 안으로
원피스 한 벌 밀어 넣는다
꾸역꾸역 오늘의 기분도 밀어넣는다

폐백 때 입었던 남편의 오래된 한복 마고자 저고리엔
상처처럼 곰팡이가 피어 있고
작년에 벗어놓고 간 시어머님의 바지가
잔소리처럼 널브러져 있다
젊은 날의 원피스는 더 이상 가질 수 없는 24인치 허리
아 옛날이여

사고 싶은 것 거침없이 클릭하여 택배로 받아 보는데
남겨야 할 것과 버려야 할 것에 대한 경계에서

위태롭게 숨 쉬고 있는 고통도
클릭 한 번으로 인터넷 중고 거래에 내놓고 싶다
밤새 틈입하여 밀려오는 마음을 팔고 싶다

그리움을 그리워하다

상처 난 풀잎들을
포옥 가슴으로 안아주는 것

봄비에 젖은
민들레와 함께 우산을 쓰는 것

말없이 지는 풀꽃과 함께
방울방울 눈물 흘리는 것

너의 풍경을
지우지 못하는 그런 것

기억을 부치는 시간

낙엽비는
가버린 기억에 뒹굴고
기억은 스무 살을 데리고 온다

얼굴 한 장 보고픔 한 장
우체국 속달로 부치면

되돌아갈 수 없어
되돌아오는
반송된 시간들

갈 때 가더라도
추억은 마음속에 담는 것
올 때 오지 않는 회신이
해거름의 그림자처럼 길어진다

그날처럼 치악산 계곡길
우수수 낙엽비

기억 우편함에 쌓인다

치매꽃 피니 기억꽃 지고

엄마는 웅숭깊은 풍경이다

지기 위한 발걸음을 한 발짝씩 옮기는 중이다
지는 것은 아픈 일이지만
피어 있는 동안
피는 너네를 잊고
슬픔을 근심을 햇살을 바람을 다 잊어가는 중이다

별일 없다
난 그럭저럭 잘살고 있다
너만 건강하면 돼
바쁘니 어여 가거라
고맙다 참 고맙다

모든 것 잊어도 엄마의 어법은 버리지 않는다

지워진 기억과 함께 또 다른 엄마가 피는 중이다

4부

오래도록 지워지지 않는 물밑의 말

찰랑거리는 눈빛 한 모금

네가 따르면 내가 출렁이고
내가 따르면 너는 도수에 취하던

처음처럼의 높고 진한 눈빛이
빨간 뚜껑으로 취한다

마디마디 움켜쥐었던
약속을 부딪치며

덩그러니 서 있는 병 앞에서

짠!
자유와 평화를 위하여

고목의 옹알이

시골집 마당에는
쓰러지지 않으려 허공을 받치고 선 고목이 있다
봄이면 바람이 앉았다 가는 자리마다
햇살의 수유로 배부른 잎들이 옹알이를 한다

어느 날
바람의 뚝심으로 자란 나무는
통째로 흔들렸고
무너지지 말자고 뿌리에 힘을 주었다

앙상한 뼈로 중환자실에 누워 계신 아버님
본래의 자궁 속 생명으로
탯줄의 기억 더듬으며
긴 튜브로 음식 삼킨다

다 써버린 고목마냥
호흡법은 잊은 지 오래
당신의 입속말, 암호를 해독 중이다

문득 쉼표를 찍고 싶을 때

버리고 싶으면
월정사 전나무 숲길을 가자

아픈 마침표들의 얼굴이
새잎을 열어 곧게 가지를 뻗는다

걷고 걷다 보면
놓쳐버린 침묵 사이에
당신이라는 쉼표를 찍는다

감추고 싶은 생각들
비워져야 채워지는 마음
생각을 멈추면

맑은 물에
발소리조차 고요하다
걷기만 해도 비워지는 숲길

채우고 싶으면
월정사 전나무 숲으로 가자

첫 시

주제를 들고 동백을 들고

민낯을 씻자

얼굴에 후끈 피어나는 붉음

꼭꼭 숨은 언어들 붙잡혀 나와

한 겹 한 겹 서투른 화장을 하는 시

음절마다 흔들리는 문장

등 뒤로 땀방울이 맺혀

처음의 시를 들고

숨바꼭질하는

살랑이는 봄으로 고백

햇빛 한 움큼 훔쳐 오는 건
너의 마음에 빛이 되고픈
내 작은 바람

산자락 그 너머 고백을 듣고 싶은 것은
듣디 만 그날의 언야

봄은 봄으로 피고
못다 피운 우리는
피는 것이 아파라

엄마의 장롱

엄마 방 윗목에는
귀퉁이 깨지고 윤기 잃은 자개농이
오랫동안 묵언수행 중이다

장롱 속 눈물 밴 엄마의 이야기
가만가만 엿들으면
삼 남매 어린 시절 들리고
이리저리 흔들리어
무거워 들 수 없던 세월이
가부좌를 튼다

바람과 햇살이 들이치고
백발 된 엄마는
가장 맑은 영혼의 이름으로
세상을 아름답게 볼 수 있는
별 하나 담아주셨다

나 이제 엄마로 수행 중이다
한 여자의 일생을 보관하고 있는
서랍을 여닫으며

그때 그대로 그대를

추억의 음악다방일까 그때일까 오늘은 젖몸살 하듯
가슴을 파고든다 그때라는 말에 녹아든 기억은 덧칠해
도 투명한 얼굴이 되고 그때 그대를 따라 다정이 흐른다
망각의 강을 건너지 못해 흐르고 흐른다 다정했던 사람
이여 나를 잊었나 벌써 나를 잊어 버렸나 그리움만 남겨
놓고 나를 잊었니 FM 라디오에서 누래가 흘러나오는 오
후 3시 나만의 사랑법 그때 그대로 그대를

여수를 활짝 펴서 읽으면

파도도 밀어내지 못하는 이야기 있어요
그 이야기 듣고 싶다면
하늘과 바다 사이에 있는
눈길 닿는 곳마다 푸른 바다인
여수의 바다를 읽어 보세요

그대가 읊던 자음과 모음이
풍덩 바다로 달려가
한 음절 물이 되고 한 음절 새가 되고
때로는 바닷속 깊숙이 잠기어
꽃으로 피어나지요

한 행 한 연 바다에 펼치면
시를 읽던 바다는 긴 편지가 되고
바다를 읽는 사람은 시인이 되지요

우리는 하나의 물이 되어 있지요

꽃무릇 사랑법

여기저기
무리 지어 숨어 있는
숨바꼭질 사랑
꽃이 져야 잎이 피는 것처럼
피우면 지고 지면 피우고
우리는
술래잡기 사랑

칠석이면 견우직녀도 만난다는데
오롯이 하나로 만날 수 없는

가면 오고 오면 가는 사람아
고개마저 무겁고
속눈썹에 남기고 간
붉은 티아라

하나는 둘, 둘은 하나
함께 물드는 붉은 가을날

우리 가끔은 곡선에서 쉬어가자

햇살이 직선으로 내리쬐는 시간은 오후 4시
달개비의 잎맥도 뿌리에서 영양을 직선으로 보낸다
식민지의 비애를 안은 아프리카의 국경선도 직선으로
그린다

직선적이다는 건
경계가 뚜렷해서 좋기도 하지만 후회스럽기도 하지
직접화법의 폐단이 있기도 하지

우리는 일직으로 수직 상승하고 싶어 하지만
생의 검색대를 통과하여 돌아보면
굽이굽이 굴곡진 곡선이다

버겁고 힘들지만
돌아가면 느긋해지고
여유가 생긴다
우리 곡선으로 살아보자

모나지 않게 부드럽게 너에게로 다가가는

곡선은 직선을 품고 있지

한 다발의 슬픔으로
- 조문

살아생전 받지 못한 꽃다발 한아름 안고 김치와 물로
소박하던 밥상 저만치 밀어내고 진수성찬 받았다 힘들
고 외로웠던 삶 험한 일에 못이 박이고 뼈마디가 솟아오
른 손, 몇 겹으로 주름진 골 깊던 얼굴 이제야 곱디고운
미소로 선물 상자처럼 환하게 웃고 있다 그동안 누리지
못한 호사, 국화꽃에 모두 담고 보고픈 사람 되어 그리
운 사람들 마중하고 배웅하는데 잘해주지 못한 회한에
엎드려 눈물 흘리는 비 오는 저녁이다

양자리 여자

나의 탄생은
모태의 젖을 빨고 피는
Aries의 꽃자리

밤마다 찾아오는
푸른 아우성을 붙잡으려
망설이다
양 뿔에 앉아 우는 은유의 자화상

바람 없이도 흔들리는 꽃
시간은 차올라
길목에서 서성이는 발짓
가벼운 날갯짓에도 휘청이지만
별을 피우는 꽃들이
오늘의 운세다

꽃은 지고 별 하나 남아
고요 속에 잠겨 있는 여기는
하늘까지 담은 마음의 저쪽
〈

어설픈 하루하루가
흔들릴 때
적극적인 여자

그 말이 아플 때
뒤끝이 없는 여지

통도사

소나무 숲길을 따라 걷다 보면 부처님을 만나게 된다는
통도사 무풍한송로

구룡지 연잎 위에 던진 동전
*부처님 이 100원에 이순신 장군이 있어요
소원을 구해주세요*

소나무들 사이로
맑은 바람 불어
솔향의 법문 들리는
무풍한송로

살다 보면
흔들리고 엇갈렸던 마음
하나로 모아 합장하고

금강계단 사이 풍경소리
손 모아 흔들리던 마음 오래 쓰다듬으면

소원동전은 무엇으로 피어날까

오래도록 지워지지 않는 물밑의 말

서로에게 잠기는 섬이 있다

잠기지 않으려고
서로를 꽉 붙들고 있다

머물시 못하는 피도
고요히 섬을 바라보지 못하는 마음
깊고도 싸늘한 바다의 노래가 된다

나 여기 있어요 신호를 보내지만

파도의 등을 더듬다 헤어진 시간

섬은
지워지지 않는 말이었다가
끝내
너를 지우는
물밑의 말

사랑했었다는 과거형

'문득'이라는 흐릿한 경계에서
마침-쉼표를 찍는 일

정재훈(문학평론가)

시, 되찾은 단어, 그것은 이 세상을 다시 바라보게 하며, 어떤 이미지 뒤에나 숨어 있게 마련인 전달 불가능한 이미지를 다시 나타나게 하며, 꼭 들어맞는 단어를 떠올려 빈칸을 채우고, 언어가 메워버려 늘 지나치게 둔한시된 화덕에 대한 그리움을 되살리고, 은유의 내부에서 실행 중인 단락短絡을 재현하는 언어이다.

_파스칼 키냐르

시를 쓴다는 것은 틈을 메우는 일이다. 그러니 이것은 어쩌면 당연하게도 '정상적인 일'이 될 수가 없다. 명인숙 시인에게 '시를 쓰는 일'은 일상 곳곳에 균질하게 퍼

진 언어들의 틈을 발견하는 것부터 시작始作/詩作했을 것이
고 심지어는 없던 틈도 만들어야만 했을 것이다. 그리스
어 'Khaos'는 '갈라지는 얼굴'을 뜻한다. 얼굴은 바로 나
타나는 것이 아니다. 누군가의 얼굴은 저 갈라진 틈에서
비로소 드러난다. 틈처럼 벌어진 입술에서 새어 나온 말
이 누군가의 얼굴에 가닿는다. 그렇게 "벌어진 틈 사이
에서"(「결혼 에필로그」) 조금씩 "사람과 사람"의 뜻밖의
문법이 만들어진다. 시인에게 비롯된 이 이질적인 문법이
일상과 순조롭게 조우할 가능성은 극히 낮다. 시가 당
장에 쉽게 읽히기가 어려운 것과도 마찬가지인 것이다.
밤이라는 당신의 문법과, 낮이라는 나의 그것이 만나는
과정으로서의 시는 최대한 느린 손길을 필요로 한다(「명
주달팽이」).

'시인'의 운명을 짊어진 자에게 '손'은 특별하다. 살면
서 매번 수없이 흔들리는 마음을 마치 "합장"(「통도사」)
하듯 다잡으려는 간절함도 엿보인다. 습작의 시간을 견
디면서 백지 위를 가로지르는 시인의 손은 늘 정해진 적
이 없던 마음의 항로를 찾는다. 익히 알려진 방법과는
전혀 다른 방법을 모색하려는 시인에게 이것은 그 자체
만으로 이미 불온함이다. 그렇게 만들어진 새로운 항로
는 대개 일직선보다는 곡선일 때가 많았고, 그때마다 시
인은 더욱더 한밤의 여로에 깊숙이 몸을 담갔을 것이다.

일상의 관습화된 장면과 중력을 거스르려는 불순한 의도가 환영받았던 적은 한 번도 없었다. "함께 물드는 붉은"(「꽃무릇 사랑법」) 마음이 안온한 행간과 투명한 여백을 붉게 물들였을 때조차도 그러했다. 지금까지 시인이 몸 담근 여로의 끝이 어딘지는 누구도 알 수 없다. 눈빛이 머문 시적인 순간들이 그러했듯 이것이 잠깐의 휴식인지, 아니면 정말로 여정의 끝자락인지는 아마 시인 자신조차도 도무지 알 수 없는 불가해한 사건이다.

흐르다 보면 당신의 끝자리
진짜 얼굴을 감춘 시간

이별 앞에 나를 세운 줄도 모르고
오늘 당신 앞에 서 있습니다

늘 똑같은 모습으로 온다고 생각했지만
늘 다른 모습으로 와 나를 깨웁니다

한 번도 온전히 가져본 적 없는 시간이
되돌아와 흐릅니다

우리는

한 방울의 눈물

삼백육십오일 개미 쳇바퀴 돌듯

소란스러운 언어 잠재우고

12월로

우리를 다시 피우겠습니다

- 「마지막의 시작」 전문

인생의 행간에서 당신과 나의 자리는 과연 어디쯤에
있는 것일까. 명인숙 시인의 시들에는 미지의 여정에 발
을 내민 시적 몸짓들이 있지만, 아직 채워지지 않은 여
백들도 함께 엿보인다. 불시착에 가까웠을 "이별 앞에"
가까스로 멈춘 무수한 한숨과 머뭇거림은 다시금 피어
난 오늘의 "당신 앞에" 완성되지 못한 채로 전해질 것이
다. 아마도 이방인의 어눌하고 어두운 목소리처럼 들렸
을 수도 있다. 하지만 그 말투는 "소란스러운 언어" 틈
으로 낯선 침묵을 불러왔을 것이며, 마치 한겨울의 폭
설처럼 모든 것들을 하얗게 뒤덮게 될 것이다. 익숙함의
일시적 종말, 한해의 시린 분기점인 "12월"의 하얀 어둠
속에서 희미하게 약속된 "다시 피우겠습니다"라는 말은
"한 방울의 눈물"과 함께 당신에게 전해진다. 이것이 당

신과 나의 여정에서 쉼표가 될지, 마침표가 될지는 아직
알 수 없다.

이것은 그저 당신과 나의 관계에서만 비롯된 문제가
아니다. 하얗게 깔린 백색 위의 원고에서 시적인 몸짓에
서 비롯된 불시착한 언어들의 흔적은 당장에 이곳의 문
법으로 어찌할 수 없는 '한 방울의 눈물'과도 같다. 명인
숙 시인에게 당신의 것이면서도 동시에 시의 "진짜 얼굴"
은 이 눈물로써 유일하게 증명되는 것이며, 그 얼굴을
마주한나는 것은 곧 이곳 세계의 가장 끝자락에서 겨우
마주할 수 있는 특별한 사건이라 하겠다. 특히나 이 존
재적 사건은 '이별'이라는 상황까지 얹어져서 더욱더 날
카롭게 일상의 감각을 가로지른다. 날벼락과도 같은 이
별의 냉혹한 선언 앞에서 그동안 쌓아 올린 시간과 인연
이 모조리 무너질지라도 그 사건은 시적인 힘으로써 나
에게 다가와 조금씩 "온전히 가져본 적 없는 시간"으로
탈바꿈된다.

버리고 싶으면
월정사 전나무 숲길을 가자

아픈 마침표들의 얼굴이
새잎을 열어 곧게 가지를 뻗는다

〈

걷고 걷다 보면

놓쳐버린 침묵 사이에

당신이라는 쉼표를 찍는다

감추고 싶은 생각들

비워져야 채워지는 마음

생각을 멈추면

맑은 물에

발소리조차 고요하다

걷기만 해도 비워지는 숲길

채우고 싶으면

월정사 전나무 숲으로 가자

- 「문득 쉼표를 찍고 싶을 때」 전문

　쉼표와 마침표의 차이가 한눈에 발견되기란 쉽지 않다. 시인의 행간과 여백에서 이것들은 문법으로써의 역할이 주어지지 않기 때문이다. 눈빛의 머뭇거림은 지금까지 한 번도 예고된 적이 없었고, 인연이 끝났다고 하여 그 상상의 끈을 매몰차게 절연하지도 못했다. 쉼표와 마침표는 행간과 여백의 카오스 위를 떠다녔다. 시인에게는 분명 '문득'이라는 시간의 경계가 모호했을 것이며, 마찬가지로 쉼표와 마침표의 틈 또한 확연히 드러나지 않는 일종의 여백이다. 시적으로 건져 올린 말들도 일상에서의 다른 말들과 별다른 차이가 있지 않았다. 하지만 그럼에도 시인은 하루하루를 결연하게 나아간다. 쉽게 버릴 수 없는 것들도 과감하게 버리기 위해 숲속이라는 어둡고 이질적인 행간으로 몸을 넣는다. 비워짐과 채워짐의 정세가 숲속의 어둠으로 희미해진다. 그늘진 마음 깊숙이 흘러내린 "슬픔의 수맥"(「여백을 읽어주는 숲」)은 언젠가 다시 환희로 피어나게 될 것이다.

시인에게 슬픔이란 '한 방울의 눈물'처럼 너무나 희미하고 작기에 한눈에 발견될 수 없는 것이다. 하지만 응축된 눈물의 그 한 방울은 존재의 시간과 사건으로써 쉼표로도 읽히고, 마침표로도 다가올 수 있다. 비록 작은 점과 같더라도, 이것들의 힘은 서로의 마음을 꽉 붙드는 역할을 한다. 눈물로부터 시작된 '슬픔의 수맥'은 또 다른 눈물을 불러올 것이고, 마음과 마음 사이의 쉼표와 마침표는 또 다른 문장을 불러오면서 조금씩 숲처럼 울창하게 될 것이다. "한 행 한 연"(「여수를 활짝 펴서 읽으면」)이 합쳐져서 "바다"가 되고 그것은 당신을 향한 "긴 편지"로 전달되어 결국 우리 모두가 "시인"이자, "하나의 물"을 이룬다. 누군가의 눈물로부터 시작된 슬픔의 수맥이 물과 숲의 풍요를 가져온다는 시적인 상상에는 무한한 힘이 담겨져 있다. 그렇게 명인숙 시인은 '시인'으로서 이 세상의 모든 말들의 물꼬를 터서 숲속의 어둠과 바다의 깊이를 무한하게 펼쳐 놓는다.

두 개의 길이 있습니다

나는 문장을 열어 그대를 만나러

오른쪽 길로 갑니다

책상 서재 피아노 크리스마스트리 축음기 산길 달빛 메

밀꽃 만남 헤어짐

오로지 그대가 지나온 발자국 따라

혼자라는 빈칸을 채웁니다

배경음악처럼 들리는 펜 소리

원고지에 걸린 은유

글이 꽃으로 피어나 사라진 거울 뒷면에서 한참 앉았다

가 나옵니다

〈

나는 다시 누군가를 찾아 빈집으로 들어갑니다

- 「그림자의 집」 전문

숲에 난 길도 그렇지만, 어쩌면 모든 길들이 시인에게는 하나하나의 선택지였을 것이다. 눈앞에 완고하게 난 "두 개의 길"이라는 선택지에서 화자이자 시인은 다시금 "문장"을 택한다. 꼭 당신의 "발자국"이 아니더라도, 그것이 '나'를 설레게 했던 문장이라면 주저 없이 그쪽으로 몸을 틀었을 것이다. 그러면서 이 모든 일들이 결국에는 "빈칸"을 채우기 위함이라는 것을 다시금 되뇌었을지도 모른다. 빈칸의 여백으로 몸을 던지는 가느다란 "펜 소리"가 메아리치듯 마음을 울린다. 아직 "그대"에 의해 채워지지 않은 "혼자"의 문법이기에 거울 앞에 당당히 모습을 드러내기가 어렵다. 세계의 뒷면에 자리 잡은 "빈집"으로 몸을 옮긴다. 텅 빈 행간과 여백 사이로 들어가서는 아직 오지 않고 있는 당신을 계속해서 꿈꿀 것이다. 그 사이에 당신의 문법을 하나둘씩 서툴게나마 배워나갔을 것이다.

혼자서 되뇌었던 말에 당신의 말까지 덧씌워지면서 우리의 문법이 만들어진다. 거기에는 쉼표와 마침표를 비롯한 작지만 결속력이 있는 순간들이 우리를 기다리고 있다. 빈칸의 여백은 바다이고 숲이며, 시적인 우주와도 같다. 이렇게 무한한 세계에서 과연 어떤 문법이 오롯이 진리의 권좌에서 스스로를 진실이라 칭할 수 있을 것인가. 시인에게 이것은 도저히 허락할 수 있는 것이 아니었으리라. '빈집'에 들어간다고 하여 그 집의 주인이 결코 내가 될 수 없기에 그러하다. 시인으로서는 오히려 그 '빈집'의 손님이라 생각했을 것이다. 언젠가 그 집의 주인이었던 이의 흔적들을 들춰보면서 어떤 삶을 살았는지를 하나씩 상상해보는 것이야말로 겸손함에서 비롯된 것일 테며, 이는 세상을 바라보는 방식(문법)에 대해서도 마찬가지로 요구되는 태도인 것이다. 마침내 거울의 다른 한 쪽 면이 이어졌다. 그와 동시에, 맞은편으로 꽃이 하나 보이기 시작했다.

언제부터 꽃 보는 법이 달라졌을까요
세상의 꽃은
빨강이거나 노랑이거나 보라거나
이쁜 줄만 알았습니다
햇빛이 비치고 있음을 알았지만
꽃그늘 자리를 살피지 못했습니다

언제부터 꽃향 맡는 법이 달라졌을까요
꽃은 그냥 피는 것인 줄 알았습니다

반쯤 벙글고 있는지

고개를 숙이고 있는지

꽃잎 하나 떨어진 자리에

눈물도 함께 떨어진 줄 몰랐습니다

나이가 들면 그냥 세상의 모든 이치가

내 눈 안에 있을 줄 알았습니다

꽃 진 자리에 고름이 있고

꽃그늘에 안부를 묻고

꽃들의 낯빛을 살피는 일이

세상 보는 법인 줄 이제 알았습니다

- 「꽃보기로 보는 세상」 전문

꽃은 세계의 쉼표이자, 마침표다. 정해진 문법이 없는 것과 마찬가지로 이 "꽃 보는 법"이라는 것도 그때마다 매번 달라질 수밖에 없다. 우리가 알던 꽃은 진정한 꽃이 아니다. 이것은 이곳이 정해놓은 문법에 의해 살아오지 않았다. 그래서 지금 우리 앞에 놓인 저 꽃은 이전과는 다르게 읽혀야 한다. 겉으로만 보이는 화려한 모습 뒤에 "꽃그늘 자리"가 있다. 지금까지 누구에 의해 읽혀본 적이 없었고, 그래서 아직까지도 이름 붙여진 적이 없던 저 그늘진 자리가 시인에게는 여전히 채워지지 않은 괄호처럼 보였을 것이다. 분명 무언가로 채워야만 했을 삶의 여백을 이제야 뒤늦게 발견한 이의 안타까운 마음은 다른 감각들도 기어코 눈뜨게 만든다. '보는 법'이 달라지자, "꽃향 맡는 법"도 이전과는 달라졌으리라. 무엇이든 이전과 새로운 방식이 요구될 때는 그만한 문턱이 자리 잡고 있기 마련이다.

보이지 않는 자리에 깃든 향기를 맡는 것은 아무에게나 허락된 것이 아니다. 아직 누구에게도 읽힌 적이 없던 어둠의 행간도 그저 허투루 나온 안이한 눈빛을 단호하게 거부해 왔었다. "밤새워도 쓰지 못한/여백의 시"(「시인의 식탁」)는 이곳의 문법으로 당장에 해석될 수 없으며, 그래서 어떤 독법도 있는 상태가 아니다. 모두가 잠들어 있던 시간에 홀로 짊어졌을 습작의 무게는 가히 누구도 짐작할 수 없는 것이다. 여백은 곧 침묵이며, 오로지 그 무게를 짊어질 자격은 '시'를 쓰기 위해 몸을 던진 자에게만 허락된다. 그러니 적어도 습작의 혹독한 밤을 보낸 이들이라면, 그리고 스스로 '시인'이라는 가혹한 운명을 짊어진 이들이라면 마땅히 기존의 익숙한 방식들을 거부해야 했을 것이다. 이곳 세계의 관습과 안온한 일상에 짓눌린 말들의 틈을 벌리고, 그 안에 최대한 손을 뻗어나가려는 방식은 그래서 특별하다.

주워볼까

담아볼까

마주 앉아볼까

바람 소리마저 숨죽이는 교감의 시간

너를 가슴에 품은 후

너는 내게로 와서

만져 보고 안아 보고 느껴 보고 마주 보며

온종일 떠나지 않고 생각나게 하는가

화요일 밤마다 만나자는 약속 하나로

밑자리 했던 첫사랑도 투명하게 걸러내고

깔깔거리는 바람의 웃음소리도 만져 보았다

밤마다 너를 품은 채 잠이 들면

꿈속에선 넌 내게 와락 안겨

언어로 건널 수 있는 문장 하나 주지만

눈을 뜨면 일상의 중력에서 벗어난다

자음과 모음이 뒤엉켜 마모된 언어들

어느 세상의 간증일까

시가 뭔지도 모른 채

투신해 보지만

끝내 발아하지 못하는 한 마디

시

- 「시앓이」 전문

　　남몰래 앓고 있는 병명을 발설한다는 것은 쉬운 일이
아니다. 시를 쓴다고 누군가에게 발설하는 것도 마찬가
지인 것일까. 명인숙 시인의 시들에는 혼자서 앓다가 "끝
내 발아하지 못하는 한 마디"의 굴곡진 그늘이 엿보일
때가 많았다. 무언가를 앓는다는 것은 '완치'라는 그 끝
이 요원한 상태이다. 명인숙 시인에게 '시 쓰기'의 완성이
란 없었다. 입술 사이로 머뭇거리고 손끝을 스치며 지나
가는 시적인 흔적들을 직접 몸소 느끼는 "교감의 시간"
은 어떤 정해진 행위로 이어지지 않고, 나열도 쉽지 않
다. 그것은 언제든 불시에 나를 엄습하고, 갑작스럽게
다가오는 불가해한 사건이다. "일상의 중력"에 익숙해진
몸짓들이 밤의 격랑 속으로 내던져진다. 지금까지 '시인'
의 운명을 짊어진 채로 살아오면서 아직도 "시가 뭔지도
모른 채/투신해" 왔다고 생각했을 것이다. 익숙함이 무
너지고 조금씩 "자음과 모음이 뒤엉켜 마모된 언어들"이
잔뜩 부유한 채로 떠다니면서 마침내 건져 올린 "처음의

시를 들고/숨바꼭질하는"(「첫 시」) 마음이었을 것이다.

시를 쓰는 일이란 것이 이러한데, 그것을 읽어나가는 일도 쉬운 것이 아니다. 이는 '평론가'로서의 어떤 권위를 가리키고자 하는 말이 절대 아니다. 시인들이 시를 쓰기 위해 투신하듯이, 시를 읽을 때도 마찬가지로 독자들 역시 투신해야 한다. 시는 몸으로 읽는 것이다. 눈으로만 보는 것이 아니라, 귀로 듣고 마음으로 더듬어나가는 것이 진정한 시 읽기라 하겠다. '시를 향한 투신'은 일상의 중력을 거스르는 고통에 가까운 몸짓이고, 명인숙 시인에게 그것은 일상의 견고한 말과 관습화된 장면들마다 미세하게 틈들을 만들어내는 일이기도 했다. 거기에서 마침내 시적인 것들이 희미하게 건져지고, 또 한편으로 존재의 그늘진 부분, 일테면 "상처 틈으로 돋아나는 당신 얼굴"(「어디쯤에서 파도가 불어올까요」)도 만날 수가 있었던 것이다. 일상 끝자락까지 최대한 손을 뻗어서 시적인 힘을 느끼기 위한 몸부림. 그것이 시인에게 진정한 시 쓰기였다.

명인숙에게 시는 곧 누군가의 얼굴을 만나는 상상의 통로이며, 존재적 사건의 장場이다. 이것은 가희 '종교'에 버금간다. "눈물꽃"(「달의 신앙」)이 필 때마다 "아름다운 신앙"은 더욱더 그 교리를 환하게 비추게 될 것이다. 그 엄숙함과 처연함 앞에서 시인은 매일같이 "하루를 더듬는 손끝"(「흰 벽을 긁는 여자」)에서 "날마다 새로운 표정을" 건져 올리고 그때마다 우리는 서로의 얼굴을 보게 될 것이다. 시를 쓰는 손에는 머뭇거림이 지배하고, 시를 읽어나가는 얼굴에는 늘 똑같은 표정이란 없다. 하루의 무게를 견디면서 시를 쓰는 손은 겸손하다. 자신의 시를 언젠가 읽게 될 누군가의 표정이 곧 '시인'인 자기 자신에게는 하나의 존재적 몸짓이며 신호처럼 다가오게 될 것이다. 그렇기에 시인의 손끝에는 지금 이 순간도 간절함이 묻어날 수밖에 없다. 현실의 험악한 격랑 속에서 서로를 놓지 않으려 "꽉 붙들고"(「오래도록 지워지지 않는 물밑의 말」) 있겠다는 간절한 믿음은 앞으로도 결코 지워지지 않을 것이다. 이것이야말로 당신과 나 사이에 놓인 유일한 흔적이며, 인간다움을 보여주는 강력한 증거이기 때문이다.

상상인 시인선 071

문득 쉼표를 찍고 싶을 때

지은이 명인숙

초판인쇄 2025년 5월 28일 **초판발행** 2025년 6월 3일

펴낸곳 도서출판 상상인 **편집주간** 황정산 **펴낸이** 진혜진

표지디자인 최혜원 **기획 · 마케팅** 전은빈 최유림 노혜림 정현수

책임교정 종이시계 **편집** 세종PNP

등록번호 제572-96-00959호 **등록일자** 2019년 6월 25일

주소 06621 서울시 서초구 서초대로74길 29, 904호

전화번호 02-747-1367, 010-7371-1871

팩스 02-747-1877 **전자우편** ssaangin@hanmail.net

ISBN 979-11-93093-93-1 (03810)

값 12,000원